L'EXPOSITION.

CHANT DESCRIPTIF.

I0548657

Le produit de la vente de cet opuscule
sera versé à la CAISSE D'ÉPARGNE pour être converti
en un livret destiné à un artisan pauvre.

PRIX : 50 centimes.

BIBLIOTHEQUE ROYALE

MONTPELLIER.

IMPRIMERIE DE BOEHM ET COMPAGNIE.

1839.

A MONSIEUR

Le Colonel AUBERT.

FAIBLE TÉMOIGNAGE

DE LA RECONNAISSANCE PUBLIQUE.

L'EXPOSITION.

I.

MARCHE ! tel est le cri de la voix créatrice :
Telle est la loi qu'il faut que notre esprit subisse :
Pour lui point de repos , point de halte , et toujours
Vers la perfection il doit suivre son cours.
Une force inconnue , active , irrésistible ,
L'excite à conquérir la sphère du possible.
Il a touché le but : dans l'orgueil du succès
Il croit avoir atteint le terme du progrès ;
Mais le cercle grandit de distance en distance,
Ainsi que les contours d'un horizon immense.

    Poussé par cet instinct qui l'entraîne en avant ,
Notre siècle a marché , mais à pas de géant.
Rien ne peut arrêter sa marche triomphante ;
Ce qu'on n'osait rêver, il le veut, il l'enfante :

Le gaz jette l'éclat de ses feux dans les airs ,

Sans la voile et la rame on sillonne les mers ;

Le télégraphe parle , et sa langue rapide

Transmet comme l'éclair le signal qui le guide ;

Un puissant véhicule emporte en plus d'un lieu

Des peuples voyageurs..... Et quel autre que DIEU

Pourrait dire de l'homme , en voyant son ouvrage,

Comme du flot qui gronde en mourant sur la plage,

Il n'ira pas plus loin ! Qui sait de quel trésor

Notre siècle en travail peut nous doter encor ?

Qui sait quelle conquête il réserve à la terre ?

Hier , nous contemplions les travaux de Daguerre ,

Et peut-être demain , au réveil, nous verrons

Comme un navire ailé voyager les ballons.

Mais laissons l'avenir. Avant que j'entreprenne ,

Une carte à la main , ma course aérienne ,

Avant que nous allions , dans nos projets divers ,

Disputer leur empire aux habitans des airs ,

Dans le nouveau palais ouvert à l'Industrie ,

Nous irons applaudir aux œuvres du génie.

Je voudrais , en peignant ces objets merveilleux ,

Décrire de l'esprit l'effort ingénieux ;

Mais je ne puis des arts dévoiler le mystère :

Je n'ai pour admirer que les yeux du vulgaire.

Mon rôle sera donc celui des chroniqueurs ,

Et pour tout expliquer je me fie aux auteurs.

Osez les provoquer à ce plaisir extrême ,

Qu'on éprouve toujours à parler de soi-même,

Vous apprendrez des arts le langage nouveau ,

Et vous comprendrez mieux ce magique tableau.

II.

Des objets variés qu'à mes yeux on présente ,

J'admire avec plaisir l'ordonnance élégante.

Le bon goût y préside , et le léger bazar ,

Grâce à cette harmonie , est un temple de l'art.

Lorsque pour le public que le bon sens éclaire ,

On eut enfin levé l'inflexible barrière ,

Un bonheur de surprise et des propos flatteurs

Ont fait taire le blâme et les lazzi moqueurs.

J'étais heureux de voir la foule réjouie

Sourire à ce tableau dont elle est éblouie ;

Mais j'aurais désiré pour l'honneur du pays ,

Que ce premier appel eût été mieux compris ;

Que nos industriels rivalisant de zèle ,

Jaloux de rehausser cette splendeur nouvelle ,

A ce noble concours fussent tous accourus [1],

Et que l'Hérault comptât quelques rivaux de plus.

A leurs jeux solennels les peuples de la Grèce

Se pressaient transportés d'une vive allégresse ,

Un même enthousiasme enflammait tous les cœurs ,

Les poëtes chantaient des hymnes aux vainqueurs ;

Et l'on accueillerait nos luttes pacifiques
Avec un froid dédain et d'amères critiques ?
Non, non, encourageons les efforts généreux,
Consolons par l'espoir les essais malheureux ;
De nos industriels récompensons l'élite,   .
En mesurant les prix sur les droits du mérite.

III.

Dans ce temple du goût chaque art a son autel,
Avec soin décoré pour le jour solennel :
La sculpture le pare, et l'antique statue
De grâce et de beauté se montre revêtue ;
Le plâtre reproduit, avec leurs traits divers,
L'auteur du beau canal qui réunit deux mers,
Le Saint qui répandit l'aumône sur la terre,
Un enfant endormi qui rêve de sa mère,
Et l'homme qui remplit l'univers de son nom,
Éclatant météore, éteint à l'horizon [2].
Le pinceau manié par une main savante
Retrace avec bonheur la nature vivante ;
Et notre œil fasciné cède à l'impulsion
Du charme séducteur nommé l'illusion :
Je parle au Colonel qui devant moi s'anime [3] ;
Je frémis de terreur en redoutant un crime :
Je m'attriste à l'aspect d'un morne et froid cercueil,
Et ma douleur s'éveille à des scènes de deuil.

Ma tête avec respect près du vieillard s'incline :

Le prêtre fait du CHRIST bénir la loi divine.

Et du jeune poëte au front mystérieux,

Poëte, je comprends les regrets douloureux. *

Lorsque *la femme-roi*, sublime d'héroïsme,

Offre un fils que le sort a frappé d'ostracisme

A ces nobles Hongrois, beaux de leur dévoûment,

Je lève aussi la main et je prête serment.

Quant à vous, qui peignez sur un vaste théâtre,

D'un saint homme de Dieu notre peuple idolâtre

Qui prie en recevant ses bienfaits à genoux,

Artiste, qui créez, l'avenir est à vous! **

    En passant, je souris à cette miniature ;

J'admire de *Bertrand* la gothique écriture ;

Et de *Rouet* l'esquisse, ébauche du talent,

Pour l'inspiration me retient un moment.

Dans ma revue enfin j'arrive à l'aquarelle :

J'y retrouve *Laurens* qui dans ce genre excelle,

Artiste bien-aimé qui grandit chaque jour ;

Son frère, jeune enfant qu'il guide avec amour,

Et *Baudouin* connu par de nombreux ouvrages [5].

    Levez les yeux : voyez, pour voiler ces vitrages

Le store qui reflète un jour harmonieux,

Et plus bas ces papiers, produit ingénieux [6],

Dont l'Alsace et Paris gardaient le monopole

Et dont le faible prix paraît une hyperbole.

Grâce à cet ornement, moins cher de jour en jour,

Je puis, à peu de frais, embellir mon séjour

Et cacher de ses murs la blancheur monotone

Sous le dessin brillant dont la couleur rayonne.

Et qu'importe au public qu'on vienne d'inventer

De beaux colifichets qu'il ne peut acheter !

Ce n'est là de l'esprit qu'un jeu vain et futile.

Rendre accessible à tous l'agréable et l'utile,

Tel est le premier but auquel on doit marcher

Et la solution que l'on devrait chercher.

Sauret, que d'artisans peuple une colonie [7],

Où par les travailleurs l'industrie est bénie,

Montre par ses tissus si fins et si polis

Qu'il a suivi le cours des progrès accomplis.

Sur les fourneaux d'Osmont leur blancheur primitive

Prend des belles couleurs la teinte la plus vive :

L'écarlate reluit ! et nous voyons sortir

Le secret enfoui sous les cendres de Tyr !

Près des nouveaux produits de la Maison centrale [8]

Mon cœur se réjouit d'une œuvre si morale.

Le siècle, de nos lois adoucit la rigueur.

En condamnant, il plaint une coupable erreur.

Le criminel n'est plus une triste victime

Qui maudit dans les fers la force qui l'opprime ;

Accessible à la voix de la religion,

Du vice qui le souille il jette le poison ;

Dans son âme circule une nouvelle sève,

De son abjection le travail le relève,

Et cet être tombé, que l'on croyait perdu,

A la société sans péril est rendu !

    La puissance qui doit civiliser le monde,

Sous les presses de *Boehm* en chefs-d'œuvre est féconde.

Associant deux arts qui se donnent la main,

Lithographe, imprimeur, il reproduit soudain,

Et le signe qui peint à nos yeux la pensée,

Et l'image en couleurs fidèlement tracée.

Le livre, composé, va chez le relieur,

Qui doit bientôt en faire un bijou d'amateur.

Reposez-vous sur *Gout* pour cette enjolivure :

Il connaît les secrets d'une docte parure.

    Tout marche : et je signale à votre attention

Du génie inventif une création[9] :

Par un nouveau système, inconnu de l'école,

Le marbre, en vastes blocs, s'arrondit en coupole.

D'une scie à deux bras le mécanisme heureux

De ce dôme décrit le contour gracieux,

Qui du temple ornera la voûte et le portique

Détrônant sans efforts l'architecture antique.

Sous nos modestes toits le caveau souterrain

Pourra jouir aussi de ce bienfait prochain.

Tout concourt à la fois à créer le bien-être :

Et l'art qu'on améliore et l'art qui vient de naître.

Nous revêtons nos corps de tissus plus soyeux

Façonnés par *Saint-Pons*, *Lodève* et *Bédarieux*.

Gelés au coin du feu par un souffle homicide,

Nos bons aïeux marchaient sur une dalle humide ,

Et nous foulons aux pieds la laine des tapis

Dont *Vassas* en tout genre a doté son pays.

On modèle avec goût le fauteuil élastique

Qu'on baptise du nom d'une illustre relique.

Le luxe avec l'orgueil envahit nos maisons ,

Où nous restaurons tout. Il faut à nos plafonds

La peinture mêlée au plâtre de *La Salle* [10]

Dont la blancheur durable est encor sans égale.

De soie et de velours le salon s'embellit ;

Pour nos ameublemens le marbre se polit.

Une table surtout me plaît par sa structure [11] :

Des carreaux variés la pose et la figure ,

Sur un cercle veiné forme un ensemble heureux ,

Dont le poli parfait resplendit à mes yeux.

Sur ces plateaux marqués d'une simple étiquette

Je vois avec plaisir le nom de *La Vallette* [12].

Encore un don nouveau de l'homme généreux ,

Actif , entreprenant , qui seconde le mieux ,

Par ses nombreux essais , l'essor de l'industrie ,

En livrant au travail une opulente vie.

Ainsi le veut le siècle , en tout calculateur :

On n'est rien aujourd'hui , si l'on n'est producteur.

Visiteurs , hâtez-vous , remontez sur l'estrade.

Arrêtez-vous un peu devant la balustrade ,

Et de ce point de vue avec ravissement ,

En tous sens contemplez ce pavillon charmant [13].

Pièce à pièce admirez la splendide richesse

Qu'offre de ce massif la courbe enchanteresse :

Là, fixée au cristal, une flèche en tournant

Avec docilité marque l'heure au cadran ;

Là, de vases dorés l'élégante ceinture,

Pour le riche salon étale sa parure,

Où sur un fond de neige éblouissant aux yeux,

La guirlande descend en festons gracieux.

Sur la plaque d'argent la ciselure brille,

Sur la coupe en vermeil la lumière scintille ;

Là, règne un heureux choix de ces fruits tentateurs,

Dont le frais velouté trompe les spectateurs ;

Là, *Crés* montre un bijou de son horlogerie ;

Et *Bourdeaux*, le héros de la coutellerie,

Entouré de rivaux d'un mérite éminent,

D'un cercle curieux fixe l'étonnement.

En charmant ses loisirs il est doux de s'instruire.

Aussi de ce concours le salutaire empire

N'est pas pour le talent lui seul un aiguillon ;

Nous y recevons tous une utile leçon :

On lit, on examine, on demande, on écoute,

Et la science en nous entre par quelque route.

Aussi, loin de chercher seulement ce qui plaît,

Imposez-vous la loi d'un examen complet,

Et ne dédaignez pas l'intelligent ouvrage

Dépouillé d'apparat, mais d'un meilleur usage

Que ces riens d'un grand prix dont la frivolité

Amuse en la flattant l'oisive vanité.

Du bazar éphémère inspecteur intrépide,

Page à page suivez le livret qui nous guide.

Avant de visiter cette autre aile, où je vois

De rares visiteurs, éclairés dans leur choix,

Aux pianos, à l'orgue, apportez vos suffrages :

De l'âme ils traduiront les différens langages,

Car la musique, écho des sentimens des cœurs,

Nous ramène à la joie ou fait couler nos pleurs.

Des pleurs! Mais près de moi je viens d'en voir répandre!

Orfèvre, dévoué dès l'âge le plus tendre,

A l'art qu'il chérissait, dont il était l'honneur,

Et devenu naguère un habile fondeur,

La veille du succès, dont l'espoir le ranime,

Boué meurt, emportant le regret unanime

De la cité savante émue à son trépas.

Mais ses bronzes moulés, qu'on ne regarde pas

Sans qu'un pieux respect entoure sa mémoire,

Parleront au jury de ses titres de gloire,

Et ses pairs envers lui ne seront pas ingrats [14].

Les tissus bienfaisans qui gardent des frimas,

Tout fiers d'avoir conquis naguère une médaille [15],

D'un glorieux trophée entourent la muraille

Et de nos ateliers sont le digne étendard.

Dans cette galerie, à l'angle du bazar,

L'adroite mécanique a placé ses ouvrages :

La machine de Watt avec ses engrenages ;

Les presses, les fouloirs et les ressorts savans ;

La bouteille qui tient la foudre dans ses flancs ;

L'instrument aratoire, où, près de notre ville,

L'artisan de *Mauguio* le dispute à *Roville;*

L'horloge si parfaite en sa simplicité

Qui file notre soie avec rapidité [16] ;

Le tour, où le coton se déroule et se trame,

Aisément mis en jeu par les doigts d'une femme ;

La pompe que je vois manœuvrer près de nous,

Trésors ingénieux dont nous sommes jaloux.

Benoît, qui s'est placé si haut dans notre estime,

Tourne le fer moulé, le burine et le lime.

Sans l'affreux battement que le foulon produit,

Le lainage se feutre et s'assouplit sans bruit.

Récemment honoré d'un illustre suffrage [17],

Sagnier rend plus précis l'instrument de pesage ;

Sa bascule au jeu sûr artistement rangé,

Désormais du comptoir est le meuble obligé.

Un autre art qui grandit dans son essor prospère,

Pour ravir les dandys vient se mettre en lumière :

Le tilbury coquet, posé sur l'avant-train,

Semble déjà vouloir effleurer le chemin,

Et le cabriolet met à nu sa structure,

Dont la perfection devient une parure.

Tout en prêtant l'oreille à l'ami qui m'instruit

Des labeurs de l'artiste en me montrant le fruit,

Du flot des visiteurs que l'on retient à peine,

Je suis, sans y songer, la marche qui m'entraîne.

Mais, tout près de franchir le seuil du corridor,

Je reviens sur mes pas pour admirer encor.

L'opulent cachemire à la trame brillante,

Étale avec orgueil sa richesse éclatante.

A l'abri des tissus qui flattent les regards,

S'abritent à l'envi les produits d'autres arts.

Je ne décrirai point la première industrie,

Car, désigner *Bérard*, c'est nommer la chimie.

Voyez ce qu'elle peut ! voyez : un dur métal

Donne, en se combinant, la guirlande en cristal.

Ainsi que du colza, du lin, de l'arachide,

Bouscaren, du pepin extrait l'huile limpide.

Façonnés en tourteaux, ces mêmes élémens,

Sont le pain du bétail, la richesse des champs.

Tandis que mon ami songeait aux quadrupèdes,

Figuier élaborait savamment ses remèdes ;

Et *Chapel*, à son tour, jardinier conquérant,

Formait du *canna-root* un nouvel aliment.

L'indigo cessait d'être un tribut exotique :

Notre sol le ravit aux Indes, à l'Afrique.

Ce n'est pas tout : *Levraud*, prévoyant les hivers,

Veut conserver nos fruits et nos légumes verts.

Je crois, en sa faveur, l'annonce véridique :

Et, grâce à son bocal, du Vatel domestique,

En dépit des saisons l'office a, tous les ans,

Une automne éternelle, un éternel printemps.

IV.

Je m'arrête : ma verve impuissante à tout dire [18]
S'épuise à désigner ce qu'il faudrait décrire.
Le chantre *des jardins*, qui possédait ce don,
Parmi ses successeurs n'a pas écrit mon nom.
Auteur déshérité pour ma muse inhabile,
Je n'ai point retrouvé la plume de Delille.
Si j'avais pour mes vers quelques jours d'avenir,
J'aurais voulu marquer du sceau du souvenir
Le nom des magistrats dont la ville s'honore,
Et dont le dévoûment l'élève et la décore ;
Le nom des citoyens dont le zèle éclairé,
Pour cette grande fête avait tout préparé,
Et qui savent orner de tant de bienveillance ,
La tâche confiée à leur intelligence [19] ;
Le nom des étrangers dont la célébrité
A reçu parmi nous tant de fraternité,
Émules accueillis par la faveur publique
Dont la gloire est la nôtre, et que je revendique [20].

Quant à vous, exposans, je n'ai pas prétendu
Vous rendre dans mes vers l'honneur qui vous est dû.
Votre gloire réclame une plus belle page.
Le jury parlera : le docte aréopage,
Assignant mieux les rangs entre tous les rivaux ,
Décernera la palme à vos nobles travaux.

Dans les nombreux concours ouverts à l'industrie ,

Soutenez maintenant le rang de la patrie :

Que l'on voie à la fois naître , croître et fleurir ,

Les talens variés qui peuvent l'embellir.

MONTPELLIER , qui déjà brillait d'un nom illustre ,

A son titre d'honneur veut joindre un nouveau lustre :

Que les arts , l'industrie , enfans de la cité ,

Unissant leur éclat au renom mérité ,

De la science assise aux chaires de l'école ,

Le couronnent au loin d'une triple auréole.

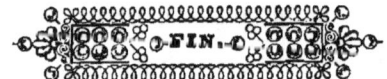

NOTES.

¹ Le succès qu'a obtenu l'exposition a été pour plusieurs industriels un stimulant puissant, et le nombre des exposans s'accroît de
jour en jour.

² Ces statues et ces bustes sont de M. *Benezech,* né à Montpellier.

³ Tableau de M. *Matet.*

⁴ Le brigand de Bacon. Pour les autres tableaux, et en général
pour les objets décrits sans nom d'auteur, je renvoie au livret pour
ne pas multiplier les désignations.

* On sait qu'André Chenier, au moment de monter sur l'échafaud,
dit, en posant la main sur son front : *Mourir!!...... il y avait là
quelque chose.*

⁵ M. *Baudouin* est le peintre-décorateur qui a restauré la salle de
Spectacle et la salle de Concert de Montpellier.

⁶ Papiers peints de Tindel, Barnel et Cie.

⁷ La fabrique de *Sauret* appartient à M. *Leenhardt.*

⁸ M. *Troupel,* entrepreneur de travaux, a exposé plusieurs tissus
exécutés par des détenues de la Maison centrale.

⁹ Cette découverte mise au jour pour la première fois, appartient
à M. *Grimes,* qui, pour d'autres objets, a remporté à l'exposition
de Paris une médaille d'argent.

¹⁰ M. *Brouillet,* maire de Saint-Bonnet, exploite avec intelligence
cette magnifique carrière.

¹¹ Cette table a été confectionnée par M. *Galinier,* qui a obtenu
à Paris une mention honorable.

¹² Domaine de M. Paulin Farel.

1 3 L'idée première et le plan de cet édifice , si bien approprié à sa destination , sont dûs au colonel AUBERT, président de la Commission, qui s'acquitte du mandat que s'est imposé son amour du bien public avec un dévoûment au-dessus de tout éloge.

1 4 L'hommage que nous rendons à M. *Boué*, ne doit pas nous rendre injuste envers M. *Labry*, son devancier, dont les échantillons et entre autres l'Hercule moulé en fer creux , attestent les progrès de l'art du fondeur à Montpellier.

1 5 Ces couvertures sortent des ateliers de MM. *Bertin* et *Pagézy et fils,* dont les derniers ont obtenu une médaille d'argent à l'exposition générale. M. *Zoé Granier,* qui ne figure pas parmi les premiers exposans, a envoyé plus tard des échantillons de sa manufacture.

1 6 Cette machine perfectionnée est de M. *Michel,* mécanicien-serrurier, à St-Hippolyte.

1 7 Une médaille décernée par le jury de l'exposition.

1 8 Je prie les exposans qui auraient à se plaindre d'un injuste oubli, de me pardonner une erreur involontaire. Je n'ai eu pour apprécier l'exposition et la décrire que peu de jours, abrégés encore par les exigences de l'imprimeur. Mon œuvre rapide, trop tôt réclamée par le *Courrier du Midi*, a reçu une publicité trop hâtive.

1 9 La commission était composée de MM. le colonel Aubert, président; Achard, d'Azémar, Benoît, Bouché, Bros, Dupin, Paulin Farel, Henri Granier, Mion, Renouvier, Roche.

2 0 Je citerai entre autres M. *Boilly* , auteur du Tableau parlant ; M. de *Nozan* , directeur du télégraphe à Toulouse; M. *Roques*, correspondant de l'Institut; MM. *Virebent* frères, de Toulouse; *Guerres,* de Langres; *Boisselot,* de Marseille , dont les pianos excitent avec l'orgue de notre *Moitessier,* l'admiration des connaisseurs; *Teissier-Ducros,* de Valleraugues, etc.

(**) M. *Glaize,* de Montpellier. Si l'on joint à ce peintre M. *Peysson,* M. *Mercadier* et quelques autres noms connus, on voit que notre ville est déjà riche en artistes.

BIBLIOTHEQUE ROYALE
I

www.ingramcontent.com/pod-product-compliance
Lightning Source LLC
Chambersburg PA
CBHW061510170626
46811CB00004B/1688